KB044045

플로깅
plogging

송 진 시집

육 연 정

햇볕과 풀이 풍부한 지구에서

2022년 5월
송 진

차례

1부 이상한 피카츄

2부 4월이란 발 혹은 별

차례

4부 날씨의 잇몸

1부

이상한 피카츄

이상한 피카츄

푸른 바다 위 용맹스럽게 날아가는 피카츄

창과 방패는 구름과 달

카레라이스 저녁 같은 밤이 오면

비벼 먹고 싶은 가족들이

자율 생성된다

배고픈 이상한 피카츄

배부른 이상한 피카츄

이상한 꽃나무* 이상한 피카츄

산수유꽃 불꽃처럼 터지네

* 이상 시 제목

드뎌 왕콘치

콘칩 속에 빠진 왕콘치

팝콘으로 튀어오르는 햇벚꽃

핵전쟁도 핵무기도 없는 인간적 온기

생명의 온기는 따스한 아지랑이

지구의 온도여 이제 손잡고 내려가자

 드뎌 왕콘치는 사다리에 누워 고요히 콘칩의 온도를 즐
긴다

고고 꼬부기

ㅎ 웃는다
세상의 디자이너

가자
어디로

산호나비 가득한 곳

뭐하러?
그냥

그냥이 좋다
꼬부기가 그냥 좋듯이

ㅎ

ㅎ

그냥 있는 그대로 산다

플로깅* plogging

쓰레기를 주우면서 걸어

걸으면서 쓰레기를 산책해

발끝마다 발광

순백으로 빛나는 지구

맑은 눈동자 윙크!

잉크이크윙크워커워킹하이킹사이클링

놀자

놀자

걸으면서

쓰레기야 나랑 산책해

목련 햇살은 빛나고

지구는 토닥토닥 위로 받는다

* 조깅을 하면서 쓰레기를 줍는 운동

뿜뿜 레쿠쟈

뿜뿜

해 멋져

달 좋아

지구 잘 생겼어

뿜뿜

뿜뿜

땅 있어

하늘 있어

뿜뿜

비행하는 뿜뿜 레쿠쟈

넌 나의 기후

버베나 하스타타[*]

하늘 우체국에는 보랏빛 사탕이 있다

버튼을 누르면

우수수

우수수

사는 게 즐거워진다

나는

살아있는 나에게

고맙다는 엽서를 보낸다

* 마편초과의 여러해살이풀

초승달

휘어진 검은 옷걸이 걸려있다

휘어진 흰 옷걸이 걸려있다

휘어진 노란 옷걸이 걸려있다

휘어진 남자줏빛 옷걸이 걸려있다

가운데 텅 빈

하늘은 휘어진 세탁소

휘어진 철든 옷걸이 걸려있다

춘분 春分

비가 틈을 알고 들어온다

눈에 보이지 않는 틈은 톰이다

톰, 오두막집 어때?

애플시나몬 냄새 번진다

오후의 레인은 즐거운 비명을 지른다

종일 놀아

종일 놀아
밥값도 나와

종일 놀아
교통비도 나와

종일 놀아
팥빙수 먹으면서

허물허물 사라지는 인간의 피부

지린내도 나지 않아
뼈다귀도 없어

종일 즐겁게 놀아

종일 놀아 2

우크라이나 전쟁

병사와 민간인, 아이들, 여성, 노인, 청년의 주검.. 불, 피, 화약, 탱크.. 전쟁난민..

나는 무엇을 해야 하는가

사는게 비명이다 고슴도치 비명 공룡 비명 개구리 비명 튤립의 비명 사무실의 비명 아파트의 비명 폭력의 비명 고통의 비명 절대의 비명 번뇌의 비명 물고기 비늘의 , 아 가미의, 꼬리의, 눈알의, 창자의, 항문의, 비열함의 비명

6

뼛속에서 작년의 꽃이 빠져나갔다

뼈는 어디있고 꽃은 어디 있나

마음은 아무것도 몰랐다

마음은 바보다

미움을 먹던 마음이 올해의 꽃 속으로 빠져들까

글쎄 그건 그대의 마음

그대가 그대의 꽃바구니 속을 더듬는다

나는 나의 쇄골뼈를 더듬는다

아, 은주 뼈들의 우주

이어지고 갈라치기하는 우주의 흑점

미움은 마음을 훌쩍거리고

마음은 미움을 훌쩍거리고

끝끝내 제왕된 이들이 거룩한 지구를 물고 늘어지는 춘
분春分

분홍 동백은 스스로 키운 나뭇가지 끝에서 말라간다

힘

힘을 내는 개나리
힘을 내는 강아지
힘을 내는 송진

날마다 노력하고
날마다 새로워진다

힘을 내는 목련
힘을 내는 매화
힘을 내는 산수유

아름다움은 강 건너에도 있고
내 안에도 있다

지극정성
꿈은 자라나고 현실이 된다

문학의집서울

　저기를가려고했던게아닌게여기를간다여기를가려고했던게아닌게저기를간다가는곳마다꽃잎의배열유전의편두통발기의뼈저림남산타워피뢰침은심장을뚫고아무렇지않게사는게잘사는지침서가되어버린현대사의도록도둑은제발저리고쥐의귀엽고앙징맞은발바닥?―나소름좌악―생각하기나름꽃나무들즐비한소방체제잘갖추어진도로에서의누구의처제갈색빛돈까스집과노오란산수유나무사이의거리는까치와벚꽃만큼가까워태양의탕아는남산타워를흐리게비추고꽃나무아래를걸어가는나는신인류책받침벽을뚫고허물어지는너는우주의꽃받침베개가옴―가래를길게뽑아내고골목은골목대로거짓과참을이룬다

3월 31일

　분홍 구두 발 끝에 소금이 소복하게 쌓여있어 맷돌이 저절로 돌아가 끝도 없이 흘러 다니는 소금 여기가 바다이고싶어 소금이 된 소금 솔솔 후추가 바닥에 떨어진다 빈 벽을 바라보는 자들이 늘어나는 거지 별들의 얼굴은 조각배 두둥실 어디가니 물을 새도 없이 계란이 익는다

미망

 아름답다가슬프다가미치다가다함이없도다닿음이없도
다있는그대로두어라

 목이 긴 꽃병
 목이 짧은 꽃병

 물은 낮은 곳으로 흐르고
 구름은 두둥실 흘러가네

 별 사이로 별이 흐르고 있다
 밤의 산등선이는 깊고 맑다

찔레꽃

봄은
생각한다
행동한다

매화, 산수유, 목련…

목련 꽃봉오리는
자꾸 나를 뒤돌아보게 한다

일곱 마리의 흰 새이거나
일곱 마리의 흰 낙타이거나
일곱 마리의 흰 가마이거나

　나를 태우러 올 날이 봄이던가 여름이던가 가을이던가
겨울이던가
　관棺이던가관官이던가관觀이던가

　에코보드 속의 나

화장한 나
묘지 속의 나
진짜 나
가짜 나
본래진면목의 나
나는 나

나를 흔드는 자
네가 흔들릴 것이니

8

흘러간다
흘러간다
흘러간다

다시는 돌아오지 않는 이 순간

거죽은 시들고
영혼은 반짝반짝 빛이 나네

거죽—가죽—가족—거죽떼기—껍떼기—거주커죽거죽
—거주

초파리

날개 물에 젖어 날지 못하는 검은 초파리여

날개 얼음처럼 굳어 날지 못하는 노란 연둣빛 작고 어린
새여

계단 밑과 계단 위
의자 밑과 의자 위

의자는 의지를 꺾지 못한다

너는 파릇파릇 솟아오르는 언어의 새!
너는 파르스름한 돌뿌리

죽음은 주검을 막지 못하나
주검은 주검으로 일가를 이룬다

셋째 날

3월의 마지막 위가 움직인다

천천히 아주 천천히

천진난만한 자운영꽃

꽃은 죽어야 꽃이 된다

압운을 하지 말라

자운영의 좌우명이다

자운영의 유언이다

누가 지켜준다고

누가 말대로 해준다고

유언을 명하는가

암울한 시대는 굶주린 개에게 던져주어도 먹지 않는다

꽃은 죽어서 꽃마저 벗어던진다

꽃말은 무슨...

사양하겠습니다...

 아름다운 세상 깨달은 좆처럼 깨달은 보지처럼 깨달은
식욕의 항문처럼 아름답게 살다갑니다

10

잔느가 집에 왔다 그는 잔느를 닮았다 잔느는 그를 닮았다 그는 집을 닮았다 잔느의 상자에 그를 담는다 그는 상자를 닮았다 잔느는 상자와 동일하다 흙은 차가움을 움찔한다 화분은 뜨거움을 회피한다 잔느는 눈썹을 그린다 그는 눈썹 안에 있다 눈썹은 상자 속에 있다 뱀의 알은 상자를 낳는다 알은 눈썹을 삼킨다 역삼각형 주둥이가 길게 길게 붉은 숲으로 나아간다

공空

닮은 사람을 보았다

벤치에 앉은 사람

폭풍우에 떠내려가는 사람

우는 사람

죽은 사람

2부

4월이란 발 혹은 별

3월

생각의 건기가 찾아왔다

까치의 똥을 온 몸에 바른다

산수유 즙으로 목을 축인다

벚꽃이 죽음에 발목을 담그는 계절

삶의 개그가 죽음의 개줄을 잡고 솜사탕을 들고 층층계
단 꽃 속으로 뛰어든다

호흡

　어떻게 하든 호흡하는 방법을 찾아야했다 익숙해져야
했다 이 작은 세상에서 큰 호흡을 해야하니까 호흡은 까
마귀와 까치의 틈이다 명자꽃과 흰동백의 임플란트다 보
세 윈도우에 걸려있는 죽은 여인의 얼굴이다 걸어다닐 때
마다 귀신들이 서 있다 나를 보고 있다 나도 그들을 본다
피부가 찌릿찌릿해진다 근육이 수축된다 소름이 끼친다
식은땀이 난다 그때는 얼른 그곳을 벗어나야 한다 맑은
강가에 앉아 호흡을 한다 역시 맑은 바람이 최고다

호흡 2

이 새의 흐름은 여러 가지다

곡선, 직선, 원, 마름모꼴, 원통형, 삼각형, 사각형……

20220403 — 제주 4.3 민중항쟁

굴에서 굴이 운다

굴에서 굴이 소리 죽여 울부짖는다

굴에서 굴이 죽어간다

굴에서 굴이 소리 죽여 죽어간다

굴에서 굴이 돋아난다

굴에서 굴이 소리 죽여 돋아난다

산사람은 죽은 사람을 등에 업고 모진 시간을 견딘다

죽은 사람은 산 사람을 등에 업고

모진 넝쿨을 견딘다

굴에서 굴이 풍덩!

굴에서 굴이 풍덩!

아, 시원해

굴은 굴을 벗는다

굴은 비췻빛 바다 위

맨발로 서서

하하 환하게 웃는다

4월 3일

삶이 얼마나 찬란한지

죽음조차 주춤거리며 잠시 물러선다

쌀

왜 그들은 오지 아니하는가

왜 그들은 오는가

욕조 안에 그들이 앉아있다

전봇대 옆에 그들이 앉아있다

벚꽃 위에 그들이 앉아있다

봄바람 불자

벚나무

벙글벙글

쌀자루 쏟아낸다

휴대폰 바라보던 43번 버스 안 사람들

일제히 고개 왼쪽으로 휙 돌려

쏟아지는 쌀 바라본다

와……!!

버스 안은 고요한데

무음의 생생한 음 쏟아진다

누군가 하늘 위에서 쌀가마니 풀어 아래로 쏟아내는 벚
꽃잎을 보며 사람들의 눈동자는 연분홍빛이 된다

\>

　퇴근 시간 버스 안의 분위기는 조각케이크 먹는 혀처럼
부드러워진다

쌀봄

쌀을 본다
쌀

별을 본다
별

쌀가마니 쏟아진다
쌀

별가마니 쏟아진다
별

봄바나나나나나니나

봄헤헤헤헤헤헤헤히헤

벚나무에서 쌀 쏟아진다

무궁화 고광나무에서 별 쏟아진다

청명 淸明

A는 시작도 안했는데 숨이 막힌다
B는 시작도 안했는데 숨고 싶다
C는 시작도 안했는데 살고 싶지 않다
D는 시작도 안했는데 죽고싶다
E는 시작도 안했는데 눈물 흘린다
F는 시작도 안했는데 혀를 깨문다
G는 시작도 안했는데 입술을 질겅질겅 씹는다
H는 시작도 안했는데 손톱을 물어뜯는다

시작이라니
어디가 시작이고 어디가 끝인가
노래가 나오면 어깨를 흔들려고 노력한다
해가 뜨면 해를 마주하려고 노력한다
달이 뜨면 달을 마주하려고 노력한다
창가에 불빛이 흘러나온다
벚꽃잎이 길 가장자리로 달아난다
크고 작은 무덤이 여럿이다

한식 寒食

찬밥을 먹는다
추운 바깥을 돌아다닌다
따듯한 무덤가에서 잠들다

엄마 —
엄마 —

아빠도 죽었는데 늘 엄마만 부른다

18

나에게 뼈를 깎는 고통의 시간이 있었다

그 시간이 헛되지 않아 나는 호랑이에서 곰에서 여우에서 당나귀에서 바퀴벌레에서 선녀에서 옥황상제의 딸에서 징기스칸에서 리무진에서 티코에서 연필에서 빨간고무장갑에서 바다에서 조개에서 돌멩이에서 흙에서 지렁이에서 앵무새에서 개에서 염소에서 고양이에서 구름에서 비에서 별에서 비로소 사람이 되었다 비로소 인간이 되었다

코끼리가 메헤하고 운다

벚꽃과 된장찌개

닥치는 대로 먹는다
싹싹 쓸어 담아

닥치는 대로 쓴다
싹싹 쓸어 담아

닥치는 대로 입는다
싹싹 쓸어 담아

닥치는 대로 잔다
싹싹 쓸어 담아

닥치는 대로 걷는다
싹싹 쓸어 담아

닥치는 대로 달린다
싹싹 쓸어 담아

닥치는 대로 분다
싹싹 쓸어 담아

야무지고 버릴 것 없는 년

싹싹한 년

배처럼 연한 년

알고보니 다 욕이다

욕은 肉이다

인육 먹는 년
닥치는 대로

싹싹 쓸어담는

바닥에 떨어진 벚꽃잎

싹싹

봄의 청소차에 실려간다

봄의 허공을 날 때

봄의 두 눈 반짝일 때

봄은 봄을 본다

19

누구의 생일이 지나고

누구의 기일이 지나고

누구의 죽음의 시간이 지나고

누구의 생일이 다가오고

누구의 기일이 다가오고

누구의 죽음의 시간이 다가오고

누구의 생일에 다가가고

누구의 기일에 다가가고

누구의 죽음의 시간에 다가가고

누구의 생일에 빚지고

누구의 기일에 빚지고

누구의 죽음에 빚지고

채탄부의 생일이 다가오고

파랑비늘돔의 기일이 다가오고

환경과 구조의 죽음의 시간이 다가오고

꽃잎취격

악의 축이 발 삐꺽 ― 삐었다

꽃잎 떨어지자 지우는 작업에 들어갔다

꽃잎 지워지자

새로운 꽃잎이 떨어졌다

꽃은 꽃을 지울 수 없었다

악명 높은 증기기관차가 봄의 내관을 걷어차고 들어찼
다

왜 폭력에 대항하지 못했는가

내가 무지해서다

이제는 다른 사람이 되었다

창틀에 꽃잎

순해진다

순해진다

순해진다

창을 여닫을 때마다

나는

자꾸

자꾸

순해지고 있다

꽃잎이 되고 있다

4월이란 발 혹은 별

강아지들이 꽃눈 맞고 있다

발이 네 개다

꼬리가 한 개다

멍멍

짖기도 하고

짖지 않기로 하기도 한다

그들의 혀는 연한 분홍빛

그들의 귀안은 진한 분홍빛

그들의 피는 붉다

22

세상은 돈과 피로 물들고 있다

상제나비 날아갑니다

27

꽃잎의 손가락이 떨어집니다

꽃잎의 발가락이 떨어집니다

꽃잎의 눈동자가 떨어집니다

꽃잎 속의 토끼

접니다

꽃잎 속의 도끼

접니다

살다가 울다가

울다가 살다가

몸부림은 꽃이 됩니다

체리 블러썸 cherry blossom

수양을 위해 돌고 돌았다

이미 수양이라면

수양홍겹벚나무는 수양홍겹벚나무

젖몸살 4월

젖니, 수영강 건넌다

이가시다시이가시 — 자개농 안에서⑤

여름이 간절한 얼굴로 창틀에 매달려 있다

아직 주검은 불태워지지 않았으니 걱정 말아요

여름의 속눈썹이 뭉개진다

여름의 발가락이 떨어져 나간다

지휘자와 사랑에 빠졌어요

음악선생이 빤히 우리를 보며 말해서 모두 농담인 줄 알았다

여름이 창틀을 훌쩍 뛰어넘어 왔다

이가시다시이가시 — 자개농 안에서⑥

장미들이 붉은 머리핀을 손에 들고 있다

머리에 꽂지 그래

들고만 있다

나는 어색한 당나귀처럼 보고만 있다

사는 게 아름다운 것이다

동그란 백자 종지에 보랏빛 플라스틱 아기 숟가락이 올려져 있는 것처럼

3부

미
영

소정 마을

200번 시내버스 타고 집에 와서 쓰러지듯 눕다

굶다

자다

눈뜨다

민정 언니 와서 강변에서 맥주 캔 마시며 산책했어

꽃이 있다

물이 있다

살았다

내일 목요일 새벽 비 올 듯 흐림

미영

알아요
오늘

알아요
내일

곪은 몸은 알아요

곪은 정신은 몰라요

몸 따라 봄 가고 있어요

알아요

어제의 알약

알아요

손사래치는 미영

이제 그만.. 그만요

이제 봄은 제 몸을 알아요

앓고 난 뒤에 환해진 하늘

앓고 난 뒤에 환해진 빈자리

꽃산딸나무

황칠나무

다 우리 동네에 살아요

환하고 예뻐요

곡우穀雨 — 20220420

쌀이 튄다

물방울 위로

봄이 튄다

쌀방울 위로

분홍, 흰, 파랑…

아름다워라

팔꿈치에서 여름계곡이 자란다

너를 기다린다

협업을 좋아해서

우리를 기다린다

협치를 좋아해서

그래도 멍 때리는거 어쩌지

2022년 4월 25일 월요일 팝콘 취식 가능

다음 주부터 팝콘 먹으며 영화 보자

파우징

큰 개가 흰꼬리를 둥글게 말고 짖는다

너 말고 나

나 말고 너

서로 짖는다

계곡은 시원하다

이상할 정도로

책들은 정교하다

서늘할 정도로

밧줄이 있어 목을 감는다

나는 저기 서 있다

수업

비행운이 흰 길을 열고 있다

솔방울이 솔방울을 낳은 시각

저녁노을이 부스럼을 긁는 시각

흰 병이 마모되어가는 시각

시체가 뚜껑을 여는 시각

사계가 열린다

손목시계에 새가 지저귄다

33

모두 애쓰고 있다
한 사람의 탄생을 위해

모두 애쓰고 있다
풀잎의 주검을 위해

모두 애쓰고 있다

각자의 모자를 짜고 있다

흰 피를 쓸어 담고 있다

닿다

손이 닿다

이팝나무 잎사귀에

살아있는

내가 대견하다

햇볕 쨍쨍

반바지 때죽나무 흰 개를 데리고 같은 길을 새벽마다 뛰어다닌다

참개구리 같다

35

사랑하는 나날

사랑하는 나날이 흘러간다

이팝은 꽃을 피워 한밤중에 불쑥 선물한다

이봐 이팝! 고맙다구!

눈물겹게 고마우면 어떻게 해야 하지

포옹이라도 해야 하나

39번 시내버스 안에 나밖에 없는데 안내방송이 크게 나온다

브라보 주유소를 지난다

브라보!

\>

휴먼시아를 지난다

휴먼!

버스 파업이 가까스로 새벽 4시 해결되다

사실 이 이야기는 4월 25일 쓰여질 이야기들이다

태양은 모든 걸 보고 있다

비가 내릴 것이고
지하철 파업이 일어날 것이다

비슷한 일들이
비를 쓸듯 일어날 것이다

비손은 여전하고
빈손은 한결같고

묘소는 텅 비어 있다

누가 있는가

태양은 모든 걸 보고 있다

파랑 스푼

금발의 인형 소쿠리에 담겨 있다

흰 우유 바닥으로 쏟아지고

버스 지나가고

수레 덜컹거리고

새벽은 파랑 스푼

인간의 눈동자 떠 먹는다

파랑 스푼 2

새벽은 나를 깨운다

새벽 5시가 되기 전에

나는 나에게 무엇을 말하고 싶은가

새벽이여 말하라

시간이여 말하라

그들은 아무 말이 없다

나는 그들이 말하든 안하든 내 할 일을 한다

생수를 마시고

휴대폰을 만지고

혹은 예정된 알람의 시간을 끄고

소변을 누고

휴지로 요도를 닦는다

나의 생존을 위하여

그들은 여전히 말이 없다

나는 폐를 창자를 위를 젓가락으로 뒤척인다

길고 긴 창자에 순간의 메모를 남긴다

날숨과 들숨을 쉬고 있기에

살아가야 하는 뒤척임이

새벽마다
파란 눈알의 저주처럼 내려온다

나는
지금 할 수 있는 일을 한다

영주

　몸이 허약한 영주는 만덕터널을 지나며 토한다 아이를 토한다 아이는 다시 아이를 토한다 아이는 아이를 아이는 아이를 토한다 엽서 한장 날아왔다 내 아이를 찾고 있어요 도와줄 수 있나요 고개를 끄덕이기도 전에 즉시 비행기를 타고 날아왔다 토한 아이들이 우글거리는 놀이터에서 아이를 찾는다 찾았나요 묻기도 전에 고개를 흔든다 너무 상심 말아요 그런 말을 어떻게 하나 내 아이는 잘 있으면서 절박함의 거울이 멱을 감는다 여기는 영주밖에 없다

봄비

사랑의 비가 내린다

사실 아닐지도

팥칼국수가 내린다

달달한 노란 설탕과 단무지와 나박김치가 함께 왔다

사실 아닐지도

새와 잎새들이 놀고 있는 연등을 달았다

허공이다

금빛 등을 달았다

허공이다

초록 등을 달았다

허공이다

초록 갈매기가 끼룩거린다

나는 비로자나불을 사랑한다

사실 아닐지도

폐 속으로 땅콩이 들어간 아이가 넝쿨장미 옆에 묻혔다

우체국 직원의 손가락은 빨랐다

친환경 종이뭉치들이 아래로 아래로 빨려 내려갔다

식당 아주머니가 쟁반을 들고 가다
내 등을 치며 지나갔다

>

사실 아닐지도

붉은 장미는 무덤 아래로 아래로 걸어 내려간다

그곳에는 맛있는 막대사탕과 달달한 오징어 모자가 있다

사실 아닐지도

폭우

준희는 선희와 방충망에 매달려 날아갔다

비바람이 동굴 속에 차고 넘쳤다

아기가 태어나고

아기가 태어나고

아기가 태어나고

화장실 안에서 잉어를 구웠다

43

씻기를 점점 포기하고 있다
씻어지면 다행
아니면 그만이었다

팬티는 날마다 갈아입는다
꼭꼭 야무지게 빨아
목욕탕 봉에 넌다

정수리가 가렵다
벅벅 긁는다
혹은 조심스럽게

거울을 들여다보며
내가 맞는지 살핀다

손가락

약속은 멀리 잡는다

잘 지키기 위해

진귀한 목소리 맑은 새가 집 앞으로 모여든다

잘 살고 있구나

담백한
담백한
담백한

순수한 아름다움

나에게는 그게 있다

엄청난 금광이다

캐어서 나눠주고 또 나누어주어도 줄지 않는다

더 환하게 빛이 난다

44

송진을 숨진이라고 읽는 청명淸明
치열이 어긋나고 있다

이팝나무

금낭화는 새벽마다
물방울 알을 낳는다

고통이 없어 보이는 자비로운 얼굴과 몸짓

이팝나무는 새벽마다
벌어진 가위를 낳는다

쓰싹쓰싹
흰 새의 날개를 자른다

이팝나무는 통바지다
이팝나무는 머리핀이다
이팝나무는 먼지떨이다
이팝나무는 걷는 걸음걸이다
이팝나무는 새들의 침묵이다

거북이가 늘 집 앞에 있다
커다란 흰 알을 낳는다

버스에서 내려서 걷다

개인사정으로 쉽니다
그런 카페를 지나간다

나는 개인사정으로 이 길을 걷는다

허공의 구름김밥과 안개우동을 먹는다

허공의 계산기를 아래로 끌어내려 사인을 한다

투명한 스프링은 내 팔목을 핥는다

나는 널 보고 있어

나는 널 볼 수 있어

투명한 스프링은 말이 없다

할 일에 열심이다

입하立夏 — 20220505

비릿한 생리혈이 더 붉어지는 계절

내 몸이 내 몸이 아니었던 시간이 있었다

신체 결정권을 저당잡힌 까닭을 알 수 조차 없는
우리들의 나라

돌과 돌 사이 파꽃이 피고

우뚝 서있는 너

가끔 울었던가

비릿한 새울음 소리가 슬픈 오후

여름을 생리대처럼 여러 번 갈아치운다

나는 재기 발랄해

나는 공중화장실에서 휴대폰도 잘 떨어뜨려

나는 공중화장실에서 섹스도 잘해

나는 공중화장실에서 아기도 잘 낳아

나는 공중화장실에서 탯줄도 잘 잘라

나는 공중화장실에서 돈도 잘 받아

나는 공중화장실에서 팬티도 잘 빨아

나는 공중화장실에서 뼛가루도 잘 빻아

나는 공중화장실에서 화장도 잘해

나는 공중화장실에서 두루마리 휴지도 통째로 잘 훔쳐

나는 공중화장실에서 오줌도 잘 마셔

때론 똥을 먹기도 해 걔가 처먹으라고 하면 똥개처럼 맛있는 표정으로 똥을 처먹어야 해

나는 공중화장실에서 실뜨기 놀이도 잘해

큰 별을 만들기도 하지 가끔 희망 같은 게 있다면 말야 그런 말풍선이 떠오를 때면

4부

날
씨
의 잇
　　몸

날씨의 잇몸

 하늘에 주문한 이팝나무의 틀니가 땅으로 수북하게 떨어지고 있는 흐린 날이었다 미래의 신이 나와 함께 나란히 가끔씩 어깨를 부딪히며 보도블록을 걷고 7초 남은 횡단보도를 뛰어서 건너고 있다는 것을 깨달을 무렵 도서관 비비자 회원들이 수업 마치고 바닷가에서 차를 마시자고 했다 커피와 자몽차와 레몬조각케이크가 뒤섞인 테이블 앞에 바다가 출렁이고 스님 셋이 넓디넓은 자리 중에 우리 옆에 앉았다 서로가 자석처럼 끌리고 있었지만 오후 한시의 자외선은 펫로스 증후군을 앓고 있는 슬픈 두 눈이 부시다며 자꾸 애꿎은 손차양만 만들었다 난 이제 그만 엉덩이 비빌래 급한 교정을 봐야해서... 심플하게 일어섰는데 어.. 너 피부 왜 그래..? 두둥실 내 피부가 허공으로 푸른 농어 비늘처럼 흩어지고 있는 중 비비자 회원들이 나를 붙잡기 위해 허공으로 손을 뻗쳤지만 나는 겁도 나고 눈이 부셔 자외선 꼬리지느러미를 운전 중의 선글라스 다리처럼 꼭 붙잡았다 스님 셋이 농弄 나누는지 서로 바라보며 환하게 웃고 있다 나는 이제야 날씨의 폭력에서 벗어난 잇몸, 날씨의 감정을 느끼는 날씬한 물고기 푸른 농어 승천이요!

보리밥

진홍빛 철쭉의 수술과 암술이 잘 보인다
꽃이 활짝 피었으므로

모든 건 때가 있다
이제 그럴 때가 된 모양이다

마침 허미씨가 보리밥을 같이 먹자고 했고
마침 보리밥을 같이 먹기로 했고
마침 보리밥이 나왔다

모든 일이 잘 되었다

50

  법당 밖으로 희미한 발자국 보인다 진호는 희미한 발자국 따라 계단 내려간다 배 축 늘어진 고양이들이 느릿느릿 걷고 있다 바닷가 지나가는 기차 기지개 켜고 있다 길 위로 올라온 배의 선미에는 연인들이 앉아 빨간 등대와 흰 등대 사이 너머 멀리 눈길을 주고 있다 희미한 발자국은 더 이상 보이지 않는다 진호의 발자국이 모래사장으로 걸어내려간다 자갈과 오물과 미역과 죽은 새와 죽은 생쥐가 쓰레기와 뒤엉켜 있다 진호는 천천히 물속으로 걸어들어갔다 나오기를 반복했다 검은 새떼들이 더 나은 먹잇감을 찾아 진호의 가느다란 팔뚝 옆에서 끼룩거렸다

쌈밥집

사람들 붐빈다

일하는 사람과 서있는 사람들 식탁 사이 오가고 있다

미끈한 다시마 유난히 검은 초록이다

일하지 않는 사람과 일하다 온 사람과 일을 갈망하는 의
자가 뜨거웠다

세상이란 건 원래 없는 거다

조현병이라는 팻말을 방문에 내건 너의 유전 아닌 유전
자

나도 아득히 네가 되어있다

사람들의 말소리가 들리기 시작한 건 조형연못 속에서
로봇팔을 하나 건져낸 후의 일이었다

51

가자

가자

가자

멀리 가지 않아도 멀리 왔구나

가자

가자

가자

가까이 가지 않아도 가까이 왔구나

인류애, 너는 비싼 조형물

류애는 인류의 손을 맞잡는다

그렇지 않다는 듯이

52

교복 입은 아이들 횡단보도 건너며 깔깔거린다

붉은 인도 위에 서 있으면

타인의 흔적이 흰 스프레이처럼 뿌려진다

5월은 거침없는 팔뚝

어제도 수천 명의 아이가 성폭행을 당했다

목구멍에서 가래가 흘러 넘친다

마르지 않은 아스팔트 냄새가 난다

새라

　일주일에 한번은 새라는 새라를 지나간다 새라는 새라를 알아보지 못하고 새라는 새라를 잘 아는듯했다 묘목들이 꽃을 피우고 당연한 일을 한 듯 고요했다 인간들은 뜨겁고 정겨웠다 살붙이기를 좋아함 새라는 새라를 낳는다 새라는 새라를 죽인다 동의반복과 동명이인이 늘어났다 버스에서 내린 벚꽃은 순식간에 회오리 바람을 일으키며 갑옷 병사로 무장하고 새라는 새라의 새라를 암매장한다 '푸르른 관들'이라는 시냇가에서 사람들이 바짓단을 찢고 운동화 끈을 찢고 맨발로 걸음 머리 위로 석류 같은 불덩이를 인 새떼들이 날아다닌다 여전히 징검다리는 불타는 성의 돌담을 지키는 병사의 모습 여전히는 여성전하의 준말임

파닥! — 하안거夏安居

그물새가 그물에 걸려 날개를 파닥!
나는 너를 알아보고 얼른 식당용 큰가위을 들고 왔다

세심하게 그물새의 발톱과 발톱 사이 엉킨 그물을 자르
는 봄나물 시인의 손가락

내가 창밖으로 뛰어내리기 전에 파닥!
너는 나를 알아보고 얼른 창을 내렸다

파닥하자
파닥!

우주의 신호

나는 너를 구하고
너는 나를 구한다

파닥!

날갯짓 하나

나, 최후의 안간힘을 퍼덕여야 하는 까닭을 오늘 하얀거
하루 전날 불기 2566년 4월 14일 월정사 상원사 양겨드랑
이에 끼고 서기 2022년 5월 14일 오후 1시 23분 25초 단
기 4355년 나물집 장작앞 평창 그물새에게 배웠습니다

연둣빛 동박새 날갯짓 하나
파닥!

최후의 안간힘
파닥!

그거라도 해야 한다
노력해야 한다

반드시 하늘의 답이 있다

57

간신히 눈 뜬 날이었어

몸안은 눈물범벅이었지

주황빛 시집 위로 눈부신 아침 햇살 한 줄기 서 있었지

가만히 햇살 위로 손을 얹었어

빈 숟가락 하나 얹는 심정으로

일초

이초

삼초

.

.

.

배가 불러졌어

 굳은 어깨와 위장을 찜질하던 유일한 싸구려 친구 찜질
기가 말했어

 거봐 방법이 있다니깐

빛을 손목을 베는 면도날로 선택한 오늘의 방식에 만족
하고 지나가자

오늘은 하얀거 시작하는 음력 4월 보름이니까

나는 갖가지 방법으로 겨우

날다 언제 그물에 걸릴지 모르는 초여름 연둣빛 동박새
같은 목숨을 붙든다

전나무 길게 물 끌어 올리는 오후

Y로
불타는 오후

크림애플파이

호텔 벽 흰 크림 발라져 있다
수영장에는 노란 카레향이 번지고 있다
노란 태양과 노란 아이들이 노란 장갑을 끼고 놀았다

겹으로 낀 놀이를 즐기는 모임이 요즘 트렌드

끼워줄래
끼워줄래

꿰어지지 않은 구슬들이 대리석 바닥에 떨어져서 반쪽
이 되곤 했다

보리 게스트하우스

현수는 수정의 손목을 잡았다

가느다란 뼈가 피아노 건반처럼 눌러졌다

"아파..."

살짝 웃으며 찡그리는 수정의 미간

그러면 아픈 게 맞다

공통의 언어를 잘 읽어내야 한다

"아, 미안 ㅎ"

손목을 살짝 아래로 놓았다

개그가 오늘을 살아내는 현수의 태도가 되었다

이가시다시이가시 — 자개농 안에서 ①

오른쪽 눈이 자꾸 깜빡이네

마그네슘이 좋대
바나나 먹어

영어강사는 활발하다
친절하고 매력적이다

그의 옆에는 늘 라디오가 있다

새벽이 어깨를 흔든다
두려움은 두 손을 꼭 쥐게 한다

아, 다시는 눈 뜨는 일 없게 하소서

그건 간단하다
눈 감지 않으면 된다

왼쪽 눈 아래 경련이 인다

피부가 말을 더듬는다

너 왜 그래?

이가시다시이가시 — 자개농 안에서②

내 몸이 죽어 죽어
내 몸이 죽어 죽어

정신은 우주를 돌고돈다

태양 가까이 나는 까마귀 두 마리
그들의 날개는 흐르는 촛농이 되지 않는다
그 중 한 마리는 내 앞으로 날아와 커다란 날개를 펼치며
멋진 비행을 보여준다 (내일 아침 7시 40분 42초 창을 열
면 일어날 일이다)

무지개와 달무리가 함께 떠 있다
꿈속에서 남동생 영준과 김두이 엄마가 나타나 나를 정
말 잘한다고 칭찬해준다

이가시다시이가시 — 자개농 안에서③

오월의 어둠 짙어진다

전신주 위 흰옷 빛난다

재즈는 샹숑을 밀어낸다

겨울도 아닌데 얼음이 언다

기후는 지구를 먹고 있다

아삭아삭

수박 껍질 뒤집어쓰고

흐물흐물

허물없이 대하면 같이 망한다

손등의 얼음이 어둠 속의 흰옷처럼 빛난다

이가시다시이가시 — 자개농 안에서④

어둠이 시간을 파먹고 있다

수박의 골이 흘러내린다

둥둥 수면 위로 떠다닌다

내 머리를 만져본다

정수리를 꼭꼭 눌러본다

살아있다

내가 아직 살아있다

나는 나를 사랑해야 한다

그래야만 이 어려운 시기를 버틸 수 있다

아직 할 일이 남은 것이다

할 일 끝나고나면

저절로 사라지리

한 잎 먼지 되리

여름의 입구

시간은 공기를 머금고 날아간다

줄

107.7mhz 주파수를 맞추고 창을 열었는데 장산 줄기 오봉산에서 해가 떠오르고 있다 까치 두 마리 날고 오묘한 등불 같은 연분홍빛 버찌 우뚝 서 있다 벚나무 무성한 잎 사이로 자신의 존재를 알리고 있다

저절로 빛나는 것이다
저절로 보이는 것이다
저절로 알려지는 것이다

자신의 할 일을 잘하고 있으면
누가 봐도 봐주는 것이다

버찌

어둠 속에 버찌가 서있다
너, 생겨났구나

어둠 속에 해가 떠오르고 있다
너, 생겨났구나

어둠 속에 개가 뛰어가다 돌아와 동그랗게 꼬리를 말고
흔들며 앙징맞은 두발로 주인에게 기어오르고 있다
너, 생겨났구나

아이!

담쟁이 숲을 전력질주하는 마라토너
그의 손은 까만 모자를 쥐고있다
모자는 죽은 쥐처럼 고요하다

어둠 속에 두 까치가 날아간다
한 마리는 산비탈 찔레꽃에

한 마리는 전나무에 깃든다
꼬리를 까딱까딱한다

야호! 야하야하야하!

까만 까마귀 어둠 속에 찰칵!

파란 꽃무늬 난방 자전거 굴러간다

해가 전력질주 달린다

등불

연분홍빛 버찌가 사라졌다

연둣빛 새가 다녀간 뒤에

방충망은 알아차렸다

버찌도
새도
방충망도

등불이라는 것을

해는 질주한다 고요한 죽음처럼

실거베라**

때로는 누군가에 기대서 숨을 쉬어
외로운 거인의 외눈박이 눈처럼 박혀있는 너

고개가 꺾인 건 힘들어서가 맞아
그냥 인정해

인정하고 나면 수월한 지점으로 넘어서는 거야
죽지 않을 고통은 나를 더 강하게 만드는 것*

니체가 웃고 있어
하 — 하 —

외로울수록 혼자 있게 되지

그건 진정한 다수가 되기 위한 혼자만의 시간

우주의 에너지는 꿈결처럼 밀려와

파도의 흰 레이스로
구름의 보랏빛 흔적으로
호수의 물빛 기억으로

살아있는 나를 암호처럼 흘려보내지

나는 그걸 즉각 알아차리지

그리고 다시 일어서서 살아가는 거야

실거베라 — 실거베라 — 실거베라

* 니체
** 초록꽃목 국화과 여러해살이풀

6월의 바람

　필새는 필새의 몸을 만져본다. 필새는 따듯하다. 필새는 살아있다. 필새의 귀 안으로 새 한 마리 들어왔다. 새의 따듯한 숨결이 필새의 몸 안으로 들어왔다. 어제는 혼자 였는데 오늘은 둘이다. 어제는 둘이었는데 오늘은 혼자 다. 잠자리도 혼자고 연꽃도 혼자다 같이 날아다녔는데 같이 혼자다. 같이 피었는데 같이 혼자다. 해가 떠오르면 해림사 연못가 배롱나무 가지에 물의 그림자가 어릉거린 다. 어릉어릉 석류나무 가지에 햇살의 그림자가 어릉거 린다. 어흥어흥 모과나무 가지에 인간의 숨소리가 어릉 거린다. 어렁어렁 같으면서 다른 숨소리가 들린다. 다르 면서 같은 숨소리가 들린다. 윤주가 방광염으로 비뇨기 과에 갔다. 의사가 윤주의 콜라빛 오줌을 보여주었다. 윤 주가 39도다. 전신에 붉은 꽃 투성이다. 윤주가 D대학병 원 응급실 음압실에 실려 갔다. 검사 결과 코로나는 아니 다. 중환자실로 옮겨졌다. CT를 찍었다. 의사가 셉트린 정 항생제에 의한 전신발진이라고 했다. 필새는 음압실 에서 나와 오후 세시 병원 앞 시락국집에서 오늘의 첫 끼 니를 먹는다. 매미소리가 몸안으로 들어왔다. 필새는 둘이다. 땡볕이 몸 안으로 들어왔다. 필새는 셋이다. 슬픔이 몸 안으로 들어왔다. 필새는 넷이다. 무궁화 꽃이 피었습니다 무궁화 꽃이 피었습니다 무궁화 꽃이 피었습니다 필새는 다섯이다 여섯이다 일곱의 술래가 된다. 같은 패턴의 삶을 살고 있다. 동쪽의 손바닥에 아침 햇살이 드리운다. 서쪽의 발바닥에 저녁 노을이 드리운다. 지하에서 올라오면 지상이다. 지상에서 내려가면 지하다. 눅눅한 옷들에 곰팡이가 번진다. 필새의 자개농 안에 곰팡이가 번진다. 버리려고 생각했으나 아직 버리지 못한 아버지의 검은 가죽잠바에 곰팡이가 번진다. 곰팡이 꽃이 피었습니다. 곰팡이 꽃이 피었습니다. 곰팡이 꽃이 피었습니다. 아버지는 죽었다. 현재는 살아있는 필새가 술래다. 아버지는 망자다. 현재는 살아있는 필새가 생존자다. 아파트 아래를 내려다본다. 오후 네시 사십 사분 사초의 사의 사의 무한대의 빛이 직사각형 장례식 관을 만들었다. 금빛의 관이다. 금관이다. 필새가 뛰어내리기만 하면 저 금관은 유월의 피로 물들 것이다. 새벽 다섯 시, 필새는 오봉산 오솔길을 오른다. 오, 솔로 가는 이 길에 장례식 관을 뒤따르는 사람들처럼 긴 금빛 가마니가 가만히 놓여 있다. 재빠르게 숲길로 사라지는 독사가 있다. 윤주는 휘청거린다. 윤주는 잘 걷지 못한다. 필새도 휘청거린다. 필새도 잘 걷지 못한다. 필새와 윤주는 둘이나 하나다. 윤주와 필새는 하나나 둘이다 필새는 윤주를 낳았고 윤주는 필새를 낳았다. 열한 살 된 갈색 푸들 구름이도 혼자다. 열한 살 된 흰색 푸들 상큼이도 혼자다. 상큼이의 상큼하던 두 눈은 멀었다. 녹내장으로 시력을 완전 잃어버렸다. 상큼이는 마음의 지도를 가지고 다닌다. 상큼이는 마음의 눈으로 마음의 지도가 그려진 길을 걸어가는데 거의 제대로 제 위치를 찾아간다. 똥, 오줌을 누고 사료를 먹고 물을 혀의 뒷부분으로 휘감아 먹는다. 상큼이와 구름이는 늘 붙어 다니지만 밥도 잠도 함께 먹고 자지만 사실은 혼자 자고 혼자 깨어나는 것이다. 혼자라는 실재를 잊는 순간 거짓된 외로움이 밀려온다. 유심唯心 오직 마음에 달려있다. 윤주는 퇴원했고 외래 진료를 며칠 받았다. 알레르기 내과에는 늘 사람들이 많았다. 남구 도서관에 여름 방학 특강을 갔다. 모처럼 귀여운 초딩들과 대면수업이다. 시를 짓는다. 어떤 아이는 앵무새를 짓고 어떤 아이는 별을 짓는다. 무엇을 써도 시가 된다. 시는 시이니까. 시는 시시한 사람들이 쓰는 거라고 시시한 사람들은 말한다. 이 말은 굉장하다. 시시한 사람들이 시시한 시를 짓고 시시한 시집을 묶는다. 시시한 시집은 팔리지 않는다. 시시하지 않은 시집은 서점의 한가운데 놓인다. 날개 돋힌 듯 팔려나간다. 시시한 시인은 생각한다. 스테디셀러가 좋지.. 정신적인 유대감이 영원한 세대로 이어지니까.. 그러다 생각한다 베스트 시집도 좋지 돈이 되니까 가끔은 속물이 되고싶다. 아이 병원비를 걱정 없이 잘 내는 엄마가 되고 싶다. 몇 명의 여성들과 가베 수업을 받았다. 가베 강사 자격증을 받았다. 몇 명의 여성들과 실버 인지놀이 프레젠테이션을 했다 실기시험을 쳤다. 실버 인지놀이 지도강사 자격증을 받았다. 돈만 챙기는 사람들을 싫어한다는 강사는 자격증비를 두둑히 챙겨갔다. 남을 속이는 것을 싫어한다는 강사는 수업 중 거짓말을 하고 있는 자신을 전혀 모르는듯했다. 차를 같이 타고 가자던 강사가 갑자기 길 한가운데서 내리라고 했다. 딸에게 줄

프린트를 챙기러 학원에 가야 한다고 그래서 필새는 말잘 듣는 강아지처럼 차에서 내렸다. 하여튼 자격증이 필새에게로 왔다. 우주의 기운에 의해. 별들의 운행 중에.. 사람도 한데 엉겨 들어왔다. 혼자지만 혼자가 아닐지도 몰라.. 새벽마다 나반존자에게 빈다. 먹고살게 해달라고 떼를 쓴다. 윤주 공부 끝까지 뒷바라지할 수 있게 해달라고 떼를 쓴다. 탱화에 그려진 해골뿐인 나반존자에게 떼를 쓰고 나면 오래전 돌아가신 할머니에게 떼쓴 듯 그냥 뭉글뭉글 푸근하다. 기분이 좋아진다. 초딩 4학년 서연이는 앵무새를 키우는 바람에 친구들 사이에 인싸가 되었다고 한다. 인싸는 인사이더insider를 줄인 말이다. 각종 행사나 모임에 적극적으로 참여하면서 사람들과 잘 어울려 지내는 사람을 이르는 말이라고 다음백과사전에 나온다. 나도 초딩때 인싸가 되고 싶은 적이 있었나 그런 생각을 해본다. 나는 초등 5학년 때 사춘기가 와 책상 위에 오른쪽 뺨을 대거나 두 팔 사이에 얼굴을 묻고 잘 엎드려 있었다. 하루는 전포초등학교 교문 앞에 잘 자라고 있는 봉선화에게 "나는 순수하게 살 거야 평생" 그러고는 땅을 보고 생각하는 아이가 되어 차분하게 집까지 걸었던 기억이 난다. 윤주는 오솔길에서 헉헉거린다. 필새는 윤주의 팔을 부축한다. 필새는 B시 원룸에 있는 윤주의 살림을 다 빼서 필새의 집으로 옮겼다. 월세 35만원은 6월 26일 입금했다. 7월에도 8월에도 비어져있는 원룸에 대한 월세 35만원을 26일에 꼭 입금해야 한다. 새로운 입주자가 들어오기 전까지는.. 윤주의 건강이 간절했고 중요했다. 115-1번 버스를 탄다. 에어컨 빵빵한 살굿빛 버스 천장에 아름다운 별 하나가 윙크하듯 반짝거린다. 자세히 보니 둥근 원 안의 나사못이다. 심청전은 그냥 심청전이 아니다. 윤주가 코로나에 걸린 것도 아니었고 무사히 집에 돌아왔다. 심봉사 두 눈 번쩍 뜨이듯 필새의 눈이 번쩍 떠졌다 필새의 눈에는 윤주 입에 따듯한 밥 들어가는게 제일 예쁘다. 윤주의 건강 말고 뭐가 그리 중하단 말인가. 유월의 바람이 지나가고 있다 필새는 필새의 몸 한가운데를 만져본다. 아, 따듯해.. 필새는 살아왔고 살아있고 살아간다. 바람은 바람대로 바람을 믿고 있을 것이다.

녹야

1. 녹

녹은 녹이다
녹은 노을이다
녹은 새다
녹은 풀이다
녹은 닭이다

어디에도 녹은 속하지 않았다 혼자 구석에 앉아 허공을 바라보며 손을 휘젓기만 하던 녹은 가끔 강변에서 죽은 새를 건져왔다

동공은 확장되었다 좁아지고, 손은 가시넝쿨처럼 거칠어졌다가도 자고나면 쌀뜨물처럼 미끈해져 있었다

엄마는 밤샘 근무를 하고 돌아 온 새벽, 다시는 녹집에 가지 말라고 밀린 설거지를 하며 볼멘소리를 했다 개수대에 몸담은 텅 빈 볼들은 무지갯빛 거품을 부글부글 게워

내다 헹궈졌다

2. 물

녹
그와 나는
합치면 물이 되는 사이

우리는 천생연분

어디든지 달려갈 수 있다

그의 눈에는 녹이 주렁주렁
녹.. 너의 녹을 빨아먹고 싶어..

그는 말없이 얼굴을 내민다

그의 얼굴을 빨고 있으면 새콤쌉쌉 레몬 같은 녹이 목구
멍으로 체할 듯 흘러내린다

그만
그만
얼굴이.. 다.. 녹아 내려..

녹, 정말 환상적인 맛이야! 마치 방금 시장을 보고 온 엄
마가 부엌에 툭 내려놓은 장바구니처럼!

색색의 색종이가 비린내 나는 검은 비닐봉투마다 쏟아
지지

당근이라는 색종이
양파라는 색종이
마늘이라는 색종이
고구마 줄기라는 색종이
완두콩이라는 색종이

깻잎이라는 색종이
콩잎이라는 색종이
가끔 물고기라는 색종이도.. 아주.. 가끔.. 있긴.. 해...

자, 가위 여기
오리고 붙이는 사이
노을이 녹빛으로 짙어지고
녹의 눈에 또다시 녹이 고여..

녹, 가슴이 봉긋해졌어. 보여줄까?

물, 너의 젖꼭지가 피 맛이야

녹의 눈동자에 글자가 새겨진다

3. 물의 엄마

엄마는 깊이 잠들지 않았다

분명 어젯밤 화장실에서 받은 팁만큼 무너진 무안과 자존심을 곱씹고 있는 중일 거다

물, 물 좀 줘

등을 돌리고 한숨을 내쉬며 허공에 힘없이 내려앉는 엄마의 길게 누워있는 목소리에는 살아가려는 의지와 더 이상 버티기 힘들다는 글자가 금속활자처럼 물의 젖꼭지에 새겨진다

엄마, 가슴이 봉긋해졌어 보여줄까?

엄마는 말이 없다 어쩌면 잠들었을지도

엄마는 꿈의 지도를 그리며 먼먼 나라를 여행하고 있는 중일 지도

녹이 물고기를 잡아왔다

>
엄마가 가져 온 물고기 아직도 비린내 나
난 괜찮으니까 너 가져가

물은 물고기를 받지 않겠다고 손사래를 쳤다

녹: 이건.. 다른 거야
물: 물고기가 물고기지 뭐가 달라?

녹은 물고기 아가미를 벌려 그 속에 새겨진 숫자를 읽어
주었다
3.3.3.3.3.3.3.3.3.3.3.3.3.3.3.3.3.3.3.3.3.3.3.3.....

녹 알았어 삼배수의 물고기구나
끓이자 같이

녹은 허공에 파리한 손길을 휘휘 저었다 손은 대파처럼
굵어졌다가 무처럼 굵어졌다가 탱자나무처럼 거칠어졌

다

녹, 하나도 재미없어
더 재밌는 걸로 끓이자

녹은 땀에 젖은 녹빛 머리카락을 쓰윽 쓸어 올렸다

녹, 이마가 불그스름해 이제 쉬어야 해

녹은 지치는 눈빛으로 허공으로 걸어 올라가 왼 발 위에
오른 발을 올리고 거북이 모양으로 가부좌를 틀었다

그게 나아
그게 나아

길게 돌아누운 엄마의 옆구리보다

움푹 패인 엄마의 옆구리로 동생이 태어났대

4. 물의 동생

녹은 쉬이익 쉬익 어느새 증기기관차가 되어있었다

동생은 늘 목이 쉬어있었다

목, 언제 목이 나을래..

엄마는 시체의 간을 푹 끓여 먹이면 동생의 쉰 목소리가
돌아온다는 얘기를 밤 12시마다 압력밥솥이 끓는 소리를
내듯 반복했다

알았어. 그럼 내일 밤에 공동묘지에 가자
녹도 오라고 할게

엄마의 얼굴에 산지에서 방금 딴 듯한 복숭앗빛 화색이
돌았다

공동묘지는 언제와도 정겨웠다

녹은 신이 난듯 낫으로 키보다 더 자란 풀들을 벤다

깜깜한 하늘에 오직 달과 별만이 반짝였다

물은 젖꼭지를 내밀었다
녹은 낫으로 젖꼭지를 댕강 자른다

흰 피가 분수처럼 뿜어져 하늘로 올라갔다가 땅으로 스
며든다

비석 하나 움직인다
비석 둘 움직인다
비석 셋 움직인다
비석 넷 움직인다
비석 다섯 움직인다

엄마, 간 몇 개 필요해?

많으면 많을수록 좋아

응, 알았어

녹과 물은 신명에 어깨춤을 춘다

녹: 젖꼭지 다시 자랐어?
물: 으응 아직
녹: 곧 자라겠지?
물: 응 당근 그렇지

비석들이 기다리느라 몸서리를 쳤다

언제 꺼내갈 거야! 빨리 내 간을 꺼내 가 줘!

5. 엄마의 숫자

엄마는 눈을 흘겼다

엄마의 푸른 눈동자 속에 숫자들이 순서대로 걸어가고
있었다

엄마 숫자가 순서대로네
기분이 좋아서 그래

그래, 오늘 밤은 엄마가 정말 기분이 좋아 보인다

동생의 쉰 목소리는 이제 맑은 무청 소리가 났다

엄마의 입은 귀에 걸렸다

생일도 아닌데 귀가 별치즈피자처럼 사방으로 찢어진다

녹은 기운이 없어 보인다
허공에 누워있다
탱자 향이 은은하게 달빛을 비추었다

창호지 가져왔어
상처에 바르면 빨리 낫는대

괜찮아

하긴 괜찮다
비석을 들어 올리느라 무너져 내린 녹의 두 팔은 어느새
새 살이 돋았고 손톱까지 토실토실 살이 올라있다

창호지를 펼쳐 허공에 두른다
달빛을 받은 창호지는 엄마의 주름진 얼굴처럼 축 처져
있다

6. 행복해지자

젖꼭지 잘 자라고 있어?
응 반쯤 자랐어

어디보자

물은 쓰윽 물빛 티셔츠를 위로 올렸다

녹은 물의 젖꼭지를 조심스럽게

한 번
두 번
세 번

핥아주었다

곧 더 자라겠네

>

귀엽지

응 귀여워

녹은 피곤한 듯 스르르 잠든다

탱자들도 노란 등불 같은 머리를 맞대고 잠이 든다

물은 살며시 몸을 일으켜
강변으로 걸어 내려온다

으시시 한기가 든다
아직 한 여름인데

휴대폰으로 빛을 만들어 빛 속으로 몸을 둥글게 말아 넣
는다

아, 조금 따듯해진다

노곤 노곤

그래 뿌듯한 하루였어

행복에 겨워 자자
행복에 겨워 자자
행복에 겨워 자자

물이 같은 말을 세 번 반복하자
정말 행복에 겨워 잠이 들었다

비석들은 달빛 아래 댕강 잘려나간 물의 젖꼭지를 찾느
라 여념 없다

바보 같은 비석들..

7. 내 편 네 편 우리 편

물은 자면서 잠꼬대마저 잊지 않아

그리고 이를 갈지

숨도 내쉬지 않고

녹은 언제든지 물의 편이어서

물은 언제든지 녹의 편이어서

옆구리로 태어난 동생은 언제나 엄마 편이어서

엄마는 언제나 옆구리 없는 동생 편이어서

세상은 공평하고 둥글다

소沼

호湖

연淵

 엄마의 이름이다

물은 (엄마의 성을 따라) 소물이다

물이라는 이름이 좋아

우물우물 소여물
우물우물 빈 우물
물물 샘물
물물 높고 낮은 물

물물 무덤 밑에 그윽한 물

8. 물의 말

엄마는 소를 키우던 빈 축사에서 혼자 나를 낳았대
엄마는 나를 낳을 때 어디선가 맑은 물소리가 들렸대
그 소리가
매실 같은 초록빛 같기도 하고
익은 벼 같은 황금빛 같기도 했대
엄마는 하나도 슬프지 않았대
기쁨에 충만하려고 노력했대
그랬더니 기쁨에 충만했대
곧 아랫배에 힘이 들어 갈 빈 공간이 생겼고 그 빈 공간
덕분에 내가 쑥 쉽게 잘 빠져나왔대
나는 잘 울었고
나는 잘 먹었대
엄마가 기뻤대
기쁘니까 바빴고
바쁘니까 기뻤대

쑥쑥 이가 잘 났고

쑥쑥 이가 잘 빠졌고

쑥쑥 잘 걸어 다녔고

쑥쑥 키가 잘 컸대

엄마는 잘 자라주는 내가 너무 고마워서 고마워라고 부르기도 했대

9. 엄마의 말

직장을 다녔지만 더 이상 회사 사정상 어쩔 수 없다고 했어요

남자친구는 떠나고 그런 뻔한 스토리는 아니에요

애 아빠는 성실한 군인이었죠

성실하다는 것은 누군가의 밥이 되기가 쉽다는 뜻이죠 그는 맹수들의 밥이 되어 갈가리 찢겨 나갔죠 살점 하나 찾을 수 없었어요

나는 슬피 울었으나 길가의 칸나처럼 우뚝 살아남아야

했어요 닭처럼 볏을 세우고

>

빈 헛간에서 물을 낳았죠
말라붙은 소똥은 따듯했어요
가방 속 성냥과 위스키가 큰 힘이 되었죠

10. 녹의 말

헛간에서 불이 났어요
산모와 아기가 꼼짝 않고 누워 있었어요
허공으로 뛰어 들어가 둘을 꺼안고 허공으로 빠져 나왔
죠
아기의 잠든 코가 납작했어요
귀여웠죠
물은 나를 좋아했어요
나도 물을 좋아하구요
물은 비석을 많이 세워 수명이 짧아졌어요

비석을 세울 때마다 비석 밑에 가위와 실을 묻어주었지만.. 글쎄요 물의 수명이 얼마나 연장될지 알 수 없어요
이번에 자른 젖꼭지가 천 여덟 번 째인데 앞으로 한번 남았네요. 물은 이제 태초로 돌아가죠

구름들이 몰려와요
저 구름들의 머리카락을 말려줘야 해요

11. 동생의 가위

동생이 어둠 속에서 밝음으로 돌아왔다
여전히 오른쪽 옆구리가 텅 비어있으나 다행히 목소리는 맑고 깨끗해 방금이라도 3075년 새해의 종소리가 들리는 듯 했다
동생은 색종이를 오리고 붙여 다이아몬드 벽시계를 완성했다
시계 안에 금빛 물고기들이 잠시 보였으나 일분도 되지

않아 보이지 않았다 거품만이 부글거렸다

　동생은 가위를 씹어 먹었다

　물은 보고만 있었다

　녹도 보고만 있었다

　저녁을 준비하려고 쌀을 씻던 엄마도 그냥 지나쳤다

　동생의 입 안에서 피가 흘러나왔다

　아직 덜 익은 혀가 툭 떨어져 나왔다

　겨우 목소리를 찾아주었는데.. 어쩔 수 없었다 그건 이미
나의 몫이 아닌지도 모른다 더 이상 애쓰지 않기로 했다

12. 어제라는 놀이

　바위에는 어제의 문이 열려있다

　녹, 우리 저기서 놀자

　그래

　물과 녹은 어제의 문안에서 하루 종일 서로의 몸을 만지
며 놀았다

굴다리에서는 채송화 씨앗이 쏟아졌다
  >

몸 안에는 신기한 게 많아
녹은 물의 창자를 댕기처럼 꼬며 놀았다
녹의 눈동자는 비릿해
물은 가끔 녹의 눈동자 안에서 놀았다
눈동자 속의 숫자는 거꾸로 걷고 있었다

바보
보바
바보

고모가 불렀다
왜요?
보바야
고모는 물을 보바 아니면 바보라고 불렀지만 물은 그 말
이 오래된 신발처럼 편안했다

전생에 나랑 물이랑 무슨 사이였을까
고모는 타로카드를 펼치며 말했다

고모는 왕이고 나는 왕비다
고모는 구두공장 사장이고 나는 수선공이다
고모는 쌀이고 나는 황소개구리다
고모는 오리고 나는 거위다

녹이 어제의 문을 걸어 잠그고 물 쪽으로 걸어 왔다

아기 사러 가자
강아지 버릴 쓰레기봉투도 사고

그래

 물과 녹은 집근처 큐알코드마트에 들어가 50L 쓰레기봉
투와 방금 태어나 배꼽이 덜 떨어진 신생아 인형을 구입
했다

요즘 신생아 인형들은 오줌을 누지도 않았고 배고프다고 보채지도 않아 신혼부부들에게 인기 만점이었다

  엄마, 요즘 나온 아기 진짜 신기해

  강아지 버렸니

  응 죽은 지 너무 오래되어 버릴 것도 없었어

  왜 강아지는 쓰레기 봉투에 들어가야 하지?

  고모는 어떻게 지내?

  응 눈알이 자꾸 사라지고 있대 이제 눈알이 세 개 남아서 잘 안 보인대 온 몸에 눈알이 수백 개 박혀 있어서 밤에 돌아누울 때 아프대

  온몸에 박힌 게 눈알인데 고모가 많이 약해졌구나

고모가 만 살이 넘었대

그러네..

시간이 잘 간다..

그치...

13. 먹고 싶어

고모가 내일 죽은 아빠 만나러 간대
그래? 아빠 좋아하는 닭강정하고 간장게장 보내야겠다
아빠가 게나 닭 먹으면 지구로 빨리 못 돌아오잖아
그게 대수냐
지구에 오면 뭐 볼게 있다고
맛있는 거라도 먹으면 기분이라도 좋아지지

물은 녹에게 전화를 하기위해 허공으로 손을 집어넣었다

아빠가 더 늦게 돌아올 거야

왜?

엄마가 아빠에게 닭강정하고 간장게장 보낸대

ㅋㅋ

뭐가 우스워?

아 미안

아빠가 늦게 돌아오는 걸 원하는 걸까?

그럴 리가..!

그럴 수도 있어..

 아저씨가 닭강정하고 간장게장 얼마나 먹고 싶겠어 오
백년 더 늦게 돌아오더라도

그래 맞아

엄마도 그랬어 그거 먹는 게 더 힘이 나고 기분 좋은 일이라고.. 하긴.. 지구엔 볼 게 없지 너도 늘 허공 속에서 지내잖아

시간이 존재하지 않는 곳

공간조차 없는 곳

시인이나 영화감독들이 좋아하는 곳이지 ㅋㅋ

너도 꿈이 영화감독이었잖아

나는 녹냄새가 나서 틀렸어

네 몸에서 나는 녹냄새 나는 좋아 비릿하고 새콤해

그건 물이니까 그렇지

그런가 …

14. 별자리 개척반 수업

밤에 유성우 보러 갈까
난 목성에서 별자리 개척반 수업 있어

그래 잘 갔다 와

별자리 개척반은 물, 양, 염소 세 명이 들어
간혹 공벌레가 참석하곤 하는데 거의 결석이지

물, 우주로 내보낼 별은 꼭 먼저 분리수거해야 한다!
응!

초록별은 누구에게나 사랑받는 별이지

노란별은 장미반 애들이 덕후지

요즘은 노란별이 빨간별 성추행 했다고 신생아 인형 불매 운동도 하고 탈덕을 한대

아직 물은 그 까닭까지는 잘 모른다 파란별은 별들의 이빠진 자리를 이어가는데 가장 중요한 별이라 시크하지만 모른 척 넘어가야 한다

15. 몸의 완성

물은 분리수거 할 별들을 우주로 내보내다 말고 목 깊게 패인 자신의 셔츠 사이로 젖꼭지를 보았다

연분홍이다!

이제 다 자랐다!

녹에게 빨아달라고 해야지

생각만으로 단숨에 녹에게 갔다

어쿠, 깜짝이야!

ㅎㅎ

젖꼭지 빨아줘

수업은?

땡땡

ㅋ

그래

녹은 두 눈을 살포시 감고 연분홍빛 유두를 부드러운 혀

로 감싸 안았다

16. 죽은 아빠의 잔소리

정신은 신체 속에 있으니 신체가 정신이고 정신이 신체
란다 그러니 꼭 정신에 집중해야 길을 잃지 않는단다

아빠의 잔소리가 또 시작됐다

아빠, 그런데 아빠가 이제 그만 죽으면 좋겠어요 아빠가
귀찮아요 아빠는 다른 아빠들처럼 지구를 구하러 가지도
않잖아요

방법이 다를 뿐이지 아빠도 지구를 생각하고 있단다

그런데 아빠 언제 다시 죽어요?

응 곧 다시 죽어서 가야 해

엄마가 닭강정하고 간장게장을 보내지 않아서 다행이었어 그걸 보냈더라면 아직도 별의 감옥에 갇혀있었을 텐데

아빠, 이번에 죽을 때 갑옷 입고 방패 들고 죽으세요

왜? 그게 좋아?

고모 때문이에요 아빠가 방패 들고 가지 않아서 머리가 천 개인 용에게 잡아먹히면 어떡하냐고 늘 울잖아요

그 울음소리 내가 있는 곳까지 들린단다

그렇게 가까워요?

가깝진 않은데 우는 소리 만큼은 마치 방음되지 않은 벽 하나 사이에 두고 있는 것처럼 잘 들려

아빠가 빨리 죽어야 내가 편할 텐데...

하하, 걱정 마렴 이미 죽어서 잠시 외출 나온 거니까 이
제 네가 편안하단다

아빠 살아 계실 때나 지금이나 똑같이 죄가 많아요

그래 내가 지은 죄는 내가 갖고 있지

그러니 네가 나를 미워해도 미안하고 할 말이 없구나

그러나 아빠를 너무 미워하면 그것도 너의 몸에 해로우
니 좋은 생각만 하면서 지내려무나

네.. 아빠.. 그런데 좋은 생각을 너무 빨리 잊어버려 그게
뭔지 모르겠어요

녹하고 있을 때 그런 기분 기억하니?

17. 태풍이 떠난 날

비가 그쳤어
날개를 말리고 있어
한 축의 날개
한 축의 오징어
한 축의 호랑나비

녹, 아무 생각이 안 나 우리가 어떡하다 여기까지 흘러
왔을까
엄마는? 아빠는? 동생은? 고모는?

물, 나도 그래 여기가 어딘지 잘 모르겠어 태풍은 이제
소멸되었대

녹은 자신의 머리를 반으로 가르고 그 속에서 별들의 열
쇠꾸러미를 꺼냈다

물: 녹, 이제 가는 거야?

녹: 물, 이제 갈 때가 되었어

물: 그래

녹: 그래

파란 빛의 별들이 빙그르르 돌며 허공 한 가운데 둥근 원을 만들었다

녹은 자신의 머리 반을 물에게 떼어주고 원 속으로 초미세먼지처럼 사라졌다

물은 슬프지 않아

물은 슬프지 않아

이별은 첫새벽의 밝음

이별이

기뻐서

>

기뻐서

웃는다

본래 물의 자리는 기쁨의 물결
본래 물의 자리는 눈동자의 물결

기쁨과 눈물은 같아
그렇게 살아갈게
안녕 녹

녹이 흘러내려

물이 흘러내려

녹물이 함께 흘러내려

녹, 영원히 젖꼭지를 내밀며 당당하게 살게

녹

녹

녹

본래 없는 녹이 흘러내린다

녹은 녹지
녹은 녹조
녹은 녹야원
녹은 녹림
녹은 녹원

녹 녹녹녹녹녹녹녹녹녹녹

별들이 노크를 한다
별들이 방문을 연다
물은 별과 흘러가네
물아
물아
흘러가네

물은 우유 물은 흰죽 물은 쑥국 물은 마늘국 물은 물 물
은 은하수 물은 전봇대 물은 기린 물은 강화도 물은 태백
물은 물의 정수리

본래 없는 물이 흘러내린다

그곳으로 갈게 물
그곳으로 갈게 녹

내가 빨리 죽었으면 좋겠어

이미 죽었는데 뭘

다시 돌아왔잖아

그래 녹

그래 물

안녕

안녕

·

·

·

·

·

플로깅 plogging

© 송 진 2022

초판 1쇄 발행일 2022년 7월 15일

지은이   송 진
펴낸이   송필애

출판등록 2021년 9월 24일 제333-2021-000053호
주 소   부산시 해운대구 반여로 83, 304동 401호
전 화   051-523-0097
전자우편 songj745@gmail.com

ISBN   979-11-979208-3-7 03800